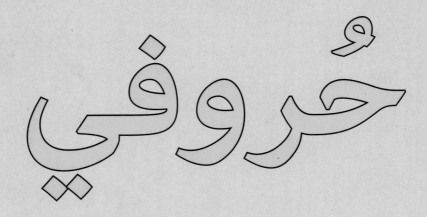

حُروفي

إعداد: محمود جعفر وجاين ويتيك

بِريشة: سيمونا مايسر

Collins

أ

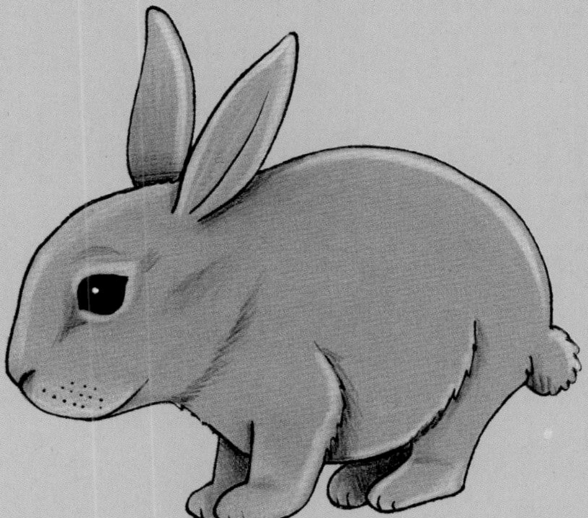

أَرْنَب

ب

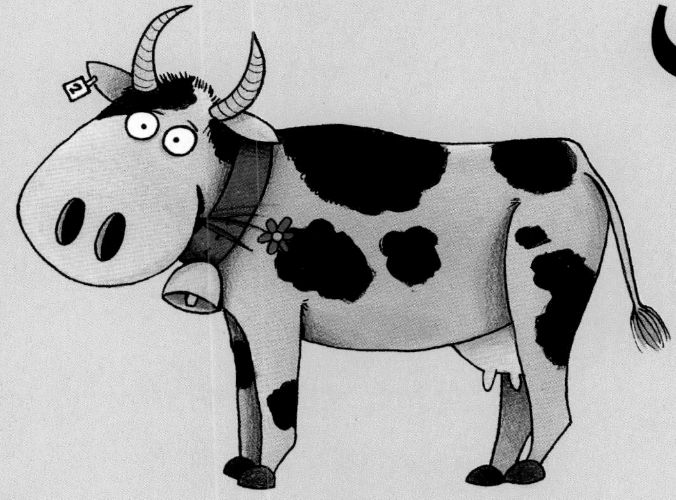

بَقَرَة

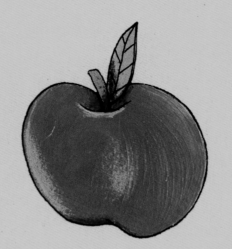

ت

تُفّاحَة

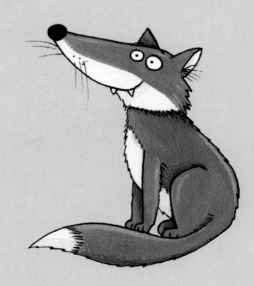

ث

ثَعْلَب

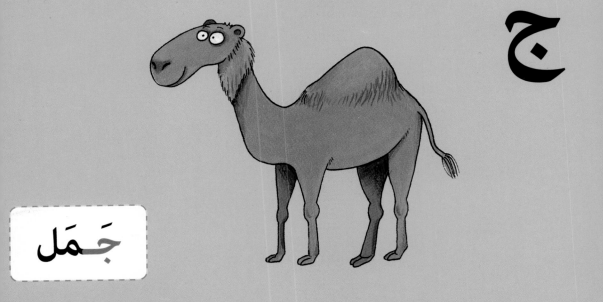

ج

جَمَل

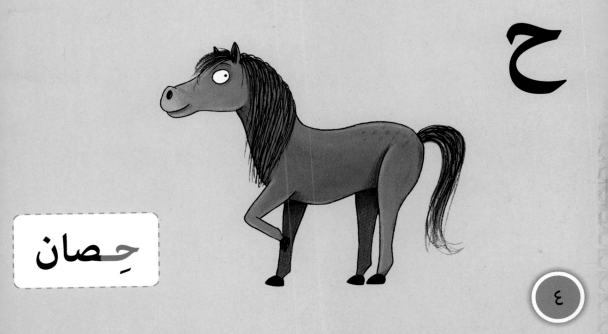

ح

حِصان

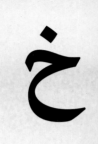

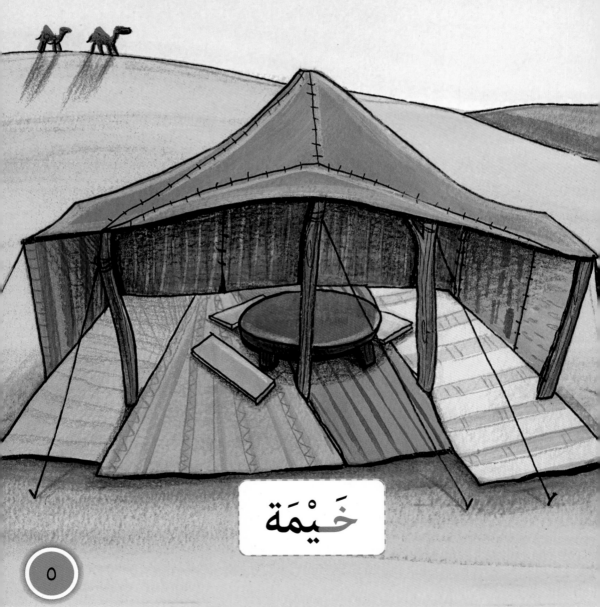

خ

خَيْمَة

د

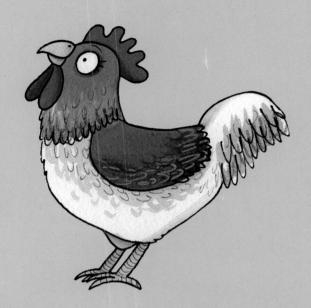

دَجاجَة

ذ

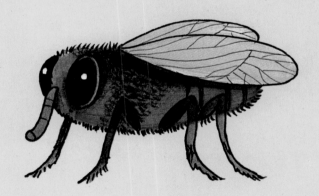

ذُبابَة

ر

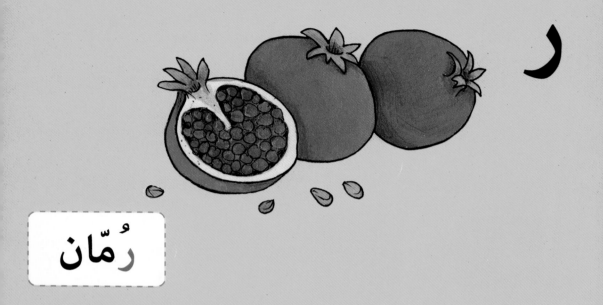

رُمّان

ز

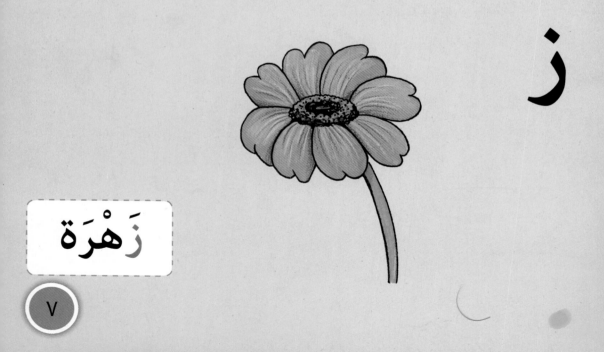

زَهْرَة

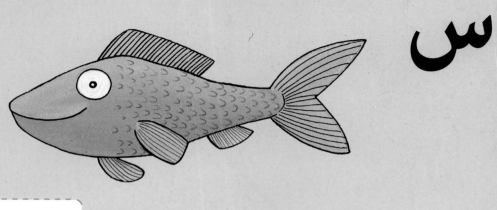

س

سَمَكَة

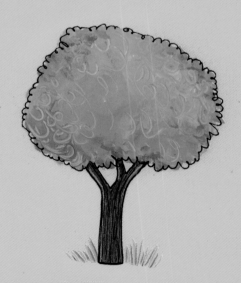

ش

شَجَرَة

ص

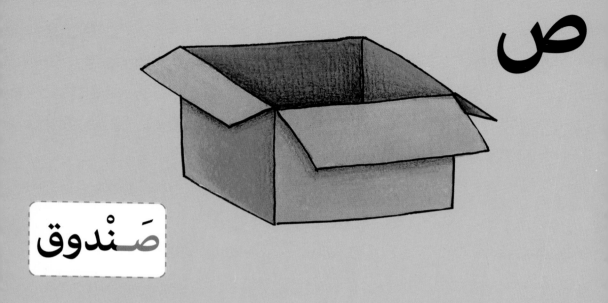

صَنْدوق

ض

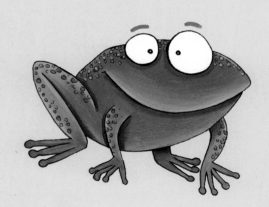

ضِفْدَع

٩

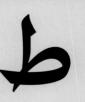

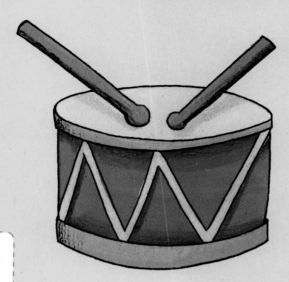

ط

طَبْلَة

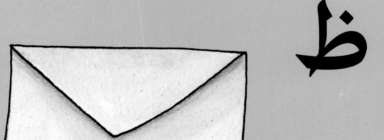

ظ

ظَرْف

ع

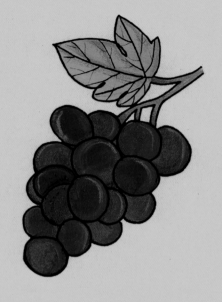

عِنَب

غ

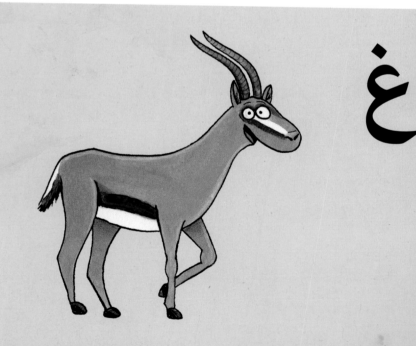

غَزال

ف

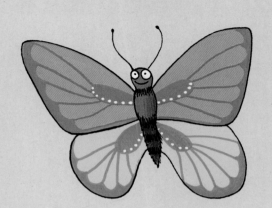

فَراشَـة

ق

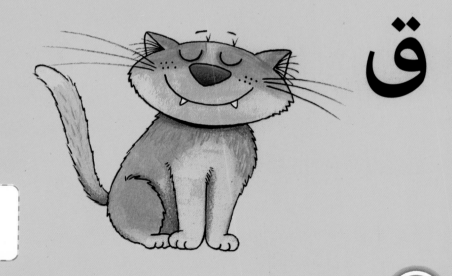

قِـطَّـة

ك

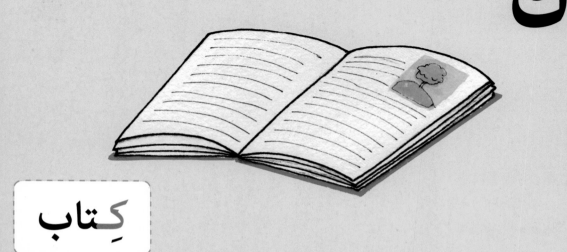

كِتاب

ل

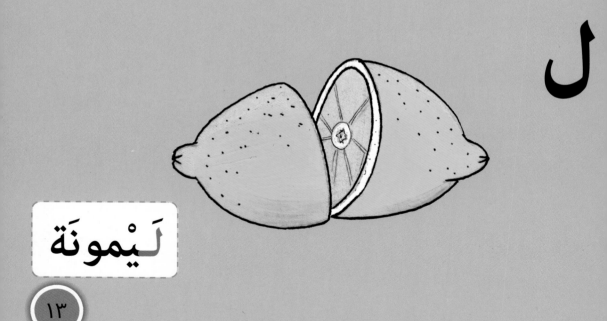

لَيْمونَة

م

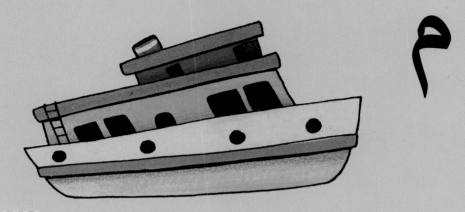

مَرْكَب

ن

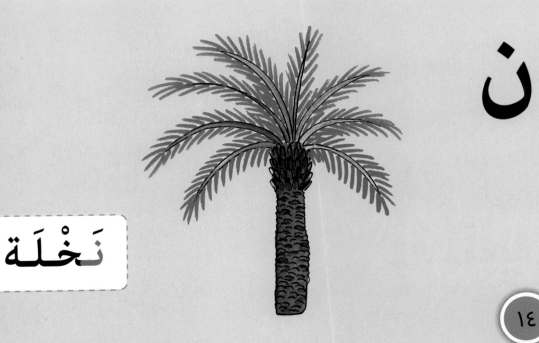

نَخْلَة

ه

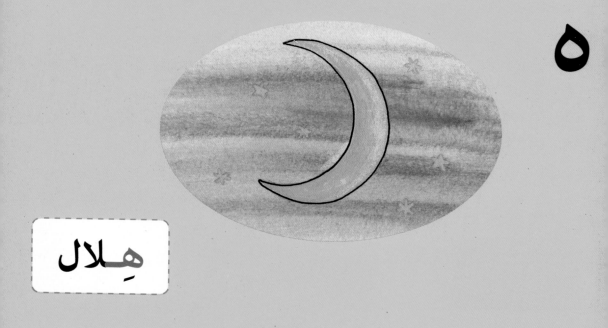

هِلال

و

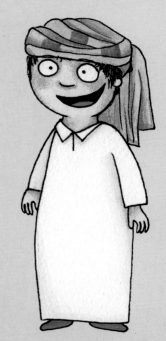

وَلَد

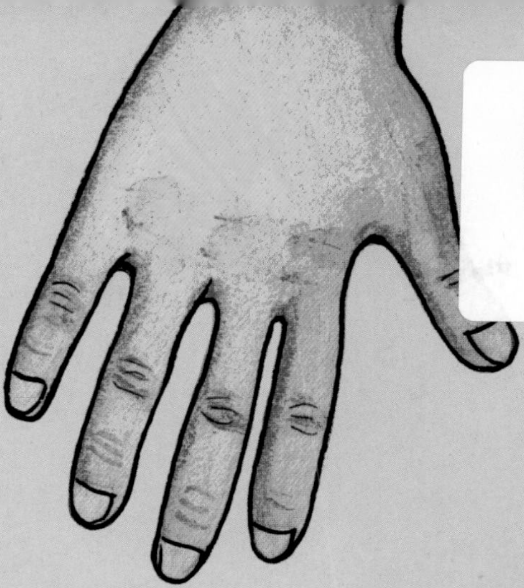

يَد

حُروفي

أ ب ت ث ج ح خ

د ذ ر ز س ش ص ض

ط ظ ع غ ف ق

ك ل م ن هـ و ي